Cristian Şerban   Claudia Şerban

NESTEMATE DUHOVNICEŞTI

Povestiri pentru întreaga familie
Vol. III

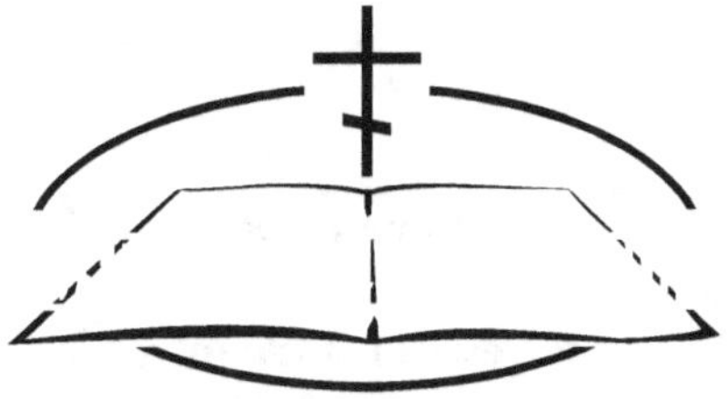

Descrierea CIP a Bibliotecii Naţionale a României
ŞERBAN, CRISTIAN
Nestemate duhovniceşti : povestiri pentru întreaga familie / Claudia Şerban,
Cristian Şerban. - Ploieşti : Cristimpuri, 2010-
   3 vol.
   ISBN 978-606-92455-07
   Vol. 3. / il.: Luca Andreea. - 2014. - ISBN 978-606-93341-9-5
I. Şerban, Cristian
II. Luca, Andreea (il.)
821.135.1-97

Argument

Nu numai pildele pe care le găsim în Sfintele Evanghelii ne ajută în efortul de a înțelege și, mai ales, de a pune în practică poruncile dumnezeiești, ci și întâmplările din viața noastră, care ne mișcă și de multe ori ne fac să ne schimbăm modul de viață și de înțelegere a valorilor.

Omul învață mai ușor și mai temeinic din fapte și întâmplări din realitatea imediată. De aceea, în activitatea de propovăduire a învățăturii Sale mântuitoare, Domnul nostru Iisus Hristos a folosit adesea pilde din viața cotidiană pentru a face mai ușoară înțelegerea mesajului Său dumnezeiesc.

PS GALACTION
Episcopul Alexandriei și Teleormanului

1. Fata şi fluturele

Într-o frumoasă zi de vară, undeva, în apropiere de o mănăstire din România, un episcop a întâmpinat un grup de pelerini ortodocşi. Episcopul şi pelerinii s-au aşezat pe iarbă, într-o poiană minunată de pe malul unui pârâu liniştit. Preasfinţitul Părinte i-a strâns pe credincioşi în jurul lui - aşa cum cloşca îşi adună puii - şi cu cea mai mare răbdare din lume le-a dat cuvinte de învăţătură, răspunzând pe rând întrebărilor de tot felul venite din partea lor.

Şi au trecut aproape două ore în care fiecare credincios a avut răgaz să întrebe ceva legat de suflet, de mântuire, de Biserică, de viaţa de familie sau altceva. În stânga episcopului, care era aşezat pe o piatră, un pic în spate, la destul de mică distanţă a stat în tot acest timp o femeie tânără, grav bolnavă care fusese adusă acolo în scaunul cu rotile.

Pe chipul frumos, diafan şi luminos al acestei femei bolnave se putea citi credinţa ei puternică. Cu toate că poate avea cea mai grea problemă dintre toţi cei care se aflau acolo, femeia nici nu a îndrăznit să deschidă gura. A tăcut şi a sorbit cu nesaţ fiecare cuvânt rostit de episcop. Spre deosebire de ceilalţi pelerini care erau cu gândul doar la problemele lor, ea nu a uitat să admire soarele blând al amiezii, să îşi treacă mâna prin iarba înaltă şi jilavă ori să asculte susurul vesel al pârâului din apropiere.

O singură clipă, femeia tânără din scaunul cu rotile a părut că nu este atentă la vorbele episcopului. Atunci când un fluture alb, cu aripi mari ca ale nădejdii creştine, s-a aşezat delicat pe mâna ei albă aparent slăbită de puteri. Fluturele a zăbovit pe mâna femeii, până ce credincioşii au epuizat întrebările adresate episcopului.

Încheindu-se această întâlnire, episcopul s-a ridicat în picioare ştiind că urmează să-i binecuvânteze pe credincioşii care vor dori aceasta. Dar mai întâi s-a întors uşor spre stânga, a privit cum fluturele de pe mâna femeii bolnave şi-a luat zborul, apoi făcând doi paşi a poposit cu mâna deasupra capului tinerei, oferindu-i astfel o binemeritată şi îndelung aşteptată binecuvântare.

2. Fiica bogătaşului

Fiica unui mare bogătaş, o femeie nespus de mândră, trăia înconjurată de servitori într-un conac uriaş înconjurat de grădini luxuriante. Ea tocmai împlinise vârsta pentru măritiş şi se trezise dis de dimineaţă, curioasă fiind ce prinţi şi ce crai de departe o vor vizita pentru a o cere de soţie. Spre mirarea ei, prima care îi călcă pragul în toiul dimineţii fu o fată foarte săracă din vecini. Fata de bogătaş s-a înfuriat foarte tare:

– Cum îndrăzneşti tu, o sărăntoacă, să-mi calci pragul, chiar în ziua asta, când eu trebuie să primesc aici la palat prinţi şi demnitari de departe?

– Am un mesaj foarte important de adus! spuse fata cea săracă. Tatăl meu este pe moarte şi îţi transmite să vii la noi în colibă ca să-ţi spună ceva...

– Cum adică să calc eu în coliba voastră plină de noroi şi praf!? Nici vorbă! Ce ar putea să-mi spună tatăl tău aşa de important? întrebă cuconiţa.

– Tatăl meu a fost camarad de război cu tatăl tău. Şi trebuie să ştii că tatăl tău a îngropat undeva o comoară şi i-a spus tatălui meu să nu-ţi spună unde se află, până în ziua în care vei împlini 21 de ani.

Auzind acestea, fata bogătaşului a lăsat totul deoparte şi a făcut drumul spre coliba omului sărac. Numai că între timp omul sărac murise şi odată cu el secretul comorii a fost îngropat.

Fata bogătaşului a poruncit ca fata omului sărac să fie biciuită, fiindcă a pus-o pe drumuri de pomană iar apoi a dat ordin ca să se sape în jurul colibei şi pe lângă conac, peste tot, doar - doar se va găsi comoara cu pricina.

Gândul ei era numai şi numai la comoară şi a căutat-o vreo 10 ani, astfel că la 30 de ani frumuseţea ei pălise şi îi albise părul, încât semăna cu o bătrână vrăjitoare. Trecând o dată pe lângă o oglindă şi reuşind pentru prima oară să privească în inima ei, fata cea bogată şi-a dat seama unde au dus-o răutatea, lăcomia şi mândria.

Cu plânsete sfâşietoare, ea a înţeles că toată viaţa s-a gândit numai la plăceri şi desfătări, dar nicio clipă la Dumnezeu. Şi dintr-odată şi-a schimbat viaţa şi prin darul lui Dumnezeu a devenit o fiinţă atât de bună şi de caldă încât toată lumea începuse să se mire de frumuseţea şi generozitatea ei. Ea a construit un spital pentru oameni săraci şi un azil pentru copii. Iar pe fata săracului a angajat-o cu o simbrie mare, dându-i misiunea să conducă aceste instituţii.

Apoi, într-o noapte, fata cea bogată a fost vizitată de un înger care i-a arătat în vis că acea comoară ascunsă, după care ea a umblat zece ani nu a existat vreodată. Comoara ascunsă pe care tatăl ei ar fi vrut să i-o încredinţeze era de fapt dreapta credinţă, singura care poate transforma un om lacom de avere într-un om iubitor de Dumnezeu şi de fapte bune.

3. Grăuntele roditor

Într-o zi, după ce un țăran a ieșit la semănat, un grăunte, rămas pe vârful unui bulgăre de pământ, a început să se laude către celălalt, aflat sub brazdă:

- Vezi tu, frate, zaci acolo luptându-te cu frigul pământului și cu bezna, te zbați să vezi un pic de soare, tânjești după lumină și căldură. Eu, în schimb, o duc mult mai bine, în timp ce tu te chinui!...

Dar, chiar în clipa aceea, o pasăre coborî pe neașteptate din văzduh și înghiți grăuntele rămas la vedere.

În schimb, fratele său de sub brazdă încolți peste puțin timp și iată că din micul grăunte, ieși un spic frumos și trainic. De-abia acum, lumina și căldura soarelui îi făceau cu adevărat bine.

Astfel, omul smerit, asemenea grăuntelui care a rodit, este cel care nădăjduiește în a primi căldură și lumină de la Dumnezeu atunci când trebuie și când e voia lui Dumnezeu.

În schimb omul mândru, asemenea grăuntelui neroditor crede că totul i se cuvine și obișnuiește să-i poruncească lui Dumnezeu și când să dea căldură și când să dea lumină.

4. Pustnicul

Câțiva călugări au găsit un pustnic, despre care credeau că este mut și fără minte, un om care trăia într-o grotă. Ei s-au minunat cum în preajma acestuia miroase a mir și tămâie. Pustnicul arăta ca un cerșetor, părul îi era netăiat și în dezordine, hainele sale erau un fel de pături peticite prinse cu sfoară. Și cu toate acestea în preajma acestui om smerit mirosea a mir și tămâie.

Călugării l-au luat pe acest pustnic la mănăstire. L-au îmbăiat, l-au tuns, i-au pus haine curate și i-au dat o chilie în care avea tot confortul.

Primind toate acestea, în preajma acestui om niciodată nu a mai mirosit a mir şi tămâie. Peste un timp pustnicul părăsi obştea lăsând în urma sa un bilet.

În el scria aşa: ,,Să mă iertaţi fraţilor pentru necugetatul gest de a pleca din nou în pustietate. Nu sunt nici fără minte şi nici mut nu am fost vreodată. De aceea cu mintea întreagă şi cu toată responsabilitatea vă las acest cuvânt să-l purtaţi cu voi. De obicei tai haina ca să încapă persoana, nu tai persoana ca să o încapă haina!"

5. Mare este Dumnezeu!

A fost odată un împărat tare mândru, care nu-l cinstea pe Dumnezeu. Printre slugile sale se afla un om credincios ce avea meseria de bijutier. El avea mereu o vorbă: ,,Mare este Dumnezeu!".

Împăratului nu-i plăcea această vorbă, ci ar fi dorit să audă: ,,Mare este împăratul !". De aceea îi căuta o vină ca să îl bage la închisoare.

Într-o zi, l-a chemat pe bijutier şi i-a spus:

- Îţi dau acest inel cu sigiliul meu, să-l cureţi şi peste trei zile să mi-l aduci.

- Da, împărate, că mare este Dumnezeu! a răspuns bijutierul.

Împăratul s-a dus să împacheteze inelul, dar i-a scos piatra preţioasă şi a aruncat-o în mare. Apoi, i-a dat bijutierului inelul fără piatră.

Omul a luat cutia, a plecat şi a ajuns la el acasă. Când să se apuce de lucru văzu că piatra lipseşte şi îl cuprinse o tristeţe fără margini. Plânse mult, dar la urmă spuse: ,,Mare este Dumnezeu!".

După un timp, în camera sa intră soţia acestuia cu o piatră orbitoare în mână:

- Ia te uită! Am tăiat un peşte, ca să-l gătesc, şi am găsit această piatră! zise soţia cu uimire în glas.

Atunci bijutierul a recunoscut piatra de la inelul împăratului. Bucuros, bijutierul a pus piatra la locul său pe inel şi a exclamat:

- Mare este Dumnezeu!

Apoi s-a dus cu inelul întreg la împărat.

- Gata inelul? a întrebat împăratul. Că dacă nu este gata, eu dau ordin să ți se taie capul!

- Este gata măria ta! Pentru că mare este Dumnezeu!

Împăratul a luat inelul și când a văzut piatra la locul ei, a rămas mut de uimire. Așa minune nu credea că poate să se întâmple. Bijutierul i-a spus unde a găsit piatra, iar împăratul a exclamat:

- Cu adevărat!..Mare este Dumnezeu!

6. Laudele

Câțiva monahi mai tineri au început să se laude unul celuilalt.

- O dată am ținut post negru 20 de zile la rând! spuse unul.

Altul spuse:

- O dată am citit Psaltirea întreagă, stând patru ceasuri în genunchi!

Altul rosti și el:

- O dată, am făcut 3000 de metanii până la pământ!

Altul zise:

- O dată am spart toate lemnele din curtea unei bătrânici neajutorate.

Pe acolo trecu și un călugăr mai vârstnic care auzindu-i cum se laudă spuse:

- O dată am bătut un om!

Ceilalți șocați de afirmația fratelui mai vârstnic au început să vocifereze, spunând: „Ce? Asta este de laudă? Ce tot spui acolo?". La care monahul spuse:

- Nu, n-am bătut pe nimeni! De fapt am vrut să spun altceva! Odată stăteam cu niște frați de vorbă și m-am abținut să-i judec pentru lipsa lor de minte, auzindu-i cum se laudă. Oare nu știu aceia că în locul omului trebuie să vorbească faptele sale?

7. Bunicul cel credincios

Un bunic evlavios, ajuns la o vârstă foarte înaintată, era de multe ori înconjurat de nepoți și strănepoți pentru că avea o familie mare. Bătrânul obișnuia să povestească nepoților multe întâmplări cu tâlc din viața sa. Nepoții erau foarte entuziasmați de toate întâmplările prin care trecuse bunicul lor. La un moment dat, unul dintre nepoți, care era mai mărișor, l-a întrebat:

- Cum ai reușit bunicule, să treci prin războaie, prin atâtea necazuri și lipsuri? Cum ți-ai păstrat întotdeauna această stăpânire de sine, acest echilibru uimitor?

- Ei bine, dragii mei! răspunse el. Să știți că eu întotdeauna am fost atent la ceea ce văd ochii mei! Pentru că tot răul din lume pătrunde în inima omului prin simțuri și mai ales prin văz. Când eram și eu mic, așa ca voi, preotul din sat m-a învățat să fac trei lucruri în fiecare zi, când plec de acasă. Mai întâi, îmi ridic privirea spre cer, ca să-mi aduc aminte că acolo sus, este Tatăl meu care mă veghează. El este Cel mai important în viața mea și spre El mi se îndreaptă toată silința și putința. Apoi, al doilea lucru, îmi plec ochii la pământ și privesc la cât de mic sunt eu și cum pe acest pământ sunt un biet călător. Iar în al treilea rând, privesc de jur împrejur la mulțimea de oameni care pătimesc mai rău decât mine, la toți aceia care sunt bolnavi: ciungi, ologi, orbi, surzi, muți, săraci sau lipsiți de adăpost. În felul acesta am trecut în viață prin toate suferințele, le-am îndurat fără cârtire și am trăit mulțumit, împăcat cu lumea, dar mai ales cu Bunul Dumnezeu.

8. Tânărul învăţător

După ce şi-a încheiat zece ani de ucenicie pe lângă un bătrân la o mănăstire, un tânăr creştin a ajuns la stadiul în care credea că poate să devină învăţător în ale credinţei. Bătrânul i-a dat binecuvântare să devină învăţător, dar i-a spus:

- Să te duci în satul cutare, la cutare casă, acolo o să găseşti un om cu mult mai înţelept decât mine. Învăţătura lui o va desăvârşi pe a ta!

Zis şi făcut, tânărul a bătut drumul lung până în acel sat. De fericire că urma să devină învăţător aproape că zbură spre casa acelui înţelept şi nu se uită nici în stânga, nici în dreapta.

Ajuns la uşa înţeleptului, bătu uşor şi intră în casa lui modestă. Bătrânul i-a răspuns la salut, l-a privit un pic şi i-a spus că are pentru el trei întrebări.

Întrebările au fost acestea: „Cu puţin înainte de a intra în sat, o femeie se afla în primejdie urmând să fie atacată de câini. Unde era femeia, pe stânga sau pe dreapta drumului? Cu puţin înainte să ajungi la mine, un cerşetor a întins mâna spre tine. Unde se afla el, pe stânga sau pe dreapta drumului? Casa mea este situată între două dealuri. Pe unul dintre dealuri este o biserică. Pe ce deal se află biserica, pe cel din stânga sau pe cel din dreapta?”.

Tânărul, orbit de noua sa demnitate şi de ambiţia de a deveni învăţător cât mai repede, nu observase toate acestea. Înţelegând că nu ştie răspunsul la nicio întrebare a înţeleptului, tânărul s-a întors pe loc la bătrânul său învăţător, pentru alţi zece ani de ucenicie.

9. Podul

*D*oi fraţi care trăiau în gospodării alăturate s-au certat între ei. Totul a culminat cu un schimb de cuvinte dure, urmate de săptămâni de linişte...Într-o dimineaţă, cineva a bătut la uşa fratelui mai mare. Când a deschis uşa, a văzut un bărbat cu unelte de tâmplărie. Acesta spuse:

- Caut de lucru pentru câteva zile! Aveţi cumva nevoie de mici reparaţii aici, în gospodărie?

- Da, a zis fratele mai mare! Am ceva de lucru pentru dumneata. Vezi acolo, pe partea cealaltă a râului, locuieşte vecinul meu. Mă rog, de fapt este fratele meu mai mic. Vreau să construiesc un gard de doi metri înălţime, nu vreau să-l mai văd. Eu plec la câmp, la treburile mele, dar aş vrea ca până mă întorc diseară, dacă se poate, să fie gata!...

Tâmplarul a muncit mult, măsurând, tăind, bătând cuie. Seara, când s-a întors de la câmp fratele mai mare, tâmplarul tocmai terminase treaba. Uimit de ceea ce vede, fermierul a făcut ochii mari şi a rămas

cu gura căscată. Nu era deloc un gard înalt. Pe locul acela, tâmplarul construise un pod care unea cele două gospodării.

Tocmai în acel moment, vecinul lui, fratele cel mic, venea spre casa lui şi, copleşit de ceea ce vede, şi-a îmbrăţişat fratele mai mare spunându-i: ,,Eşti un om deosebit, să te gândeşti tu, să construieşti un pod aşa de frumos, după tot ce ţi-am zis şi ţi-am făcut! Iartă-mă, frate!" Şi s-au împăcat amândoi pe loc.

Tâmplarul, văzându-şi treaba terminată, începu să-şi adune uneltele, dorind să plece.

- Aşteaptă un pic, zise fratele cel mare. N-ai vrea să mai stai câteva zile? Că mai am de lucru pentru dumneata!

La care străinul răspunse:

- Din păcate, nu mai pot zăbovi! Fiindcă mai am multe poduri de construit!

10. Un boier milostiv

Pe vremuri, la o moşie trăia un boier cumsecade. Într-o zi, l-a chemat la el pe un ţăran, un slujbaş de al lui şi i-a spus:

- Uite, omule, fiindcă ştiu că familia ta o duce destul de greu, vreau să te ajut. Îţi dau de muncă şi te plătesc foarte bine. Vreau să-ţi dau de lucru!

- Mă bucur, boierule! a răspuns ţăranul. Cam ce trebuie să fac?

- Aş vrea să-mi faci o casă frumoasă, nu foarte mare, la marginea pădurii.

Ţăranul a plecat bucuros şi, chiar de a doua zi, s-a apucat de treabă. Boierul îi dădea tot timpul bani de materiale şi nu-l verifica niciodată. Ţăranul ce şi-a spus: ,,Eh! Şi aşa boierul nu mă vede! Ce-ar fi să-l înşel?!..."

Şi a cumpărat cele mai ieftine materiale, construind o casă frumoasă pe dinafară, dar cu materiale proaste pe interior. Ţăranul aduna banii

care îi rămâneau de la materiale, crezând că i se cuvin.
Când a terminat casa, l-a chemat pe boier să i-o arate:

- Iaca, aceasta este casa! zise ţăranul.

- Eh, mă bucur că este aşa de frumoasă! zise boierul.
Fiindcă de acum, tu vei locui în ea. Este darul meu pentru tine şi
familia ta!

Ţăranul şi-a adus pe loc aminte de Dumnezeu şi de faptul că urât
lucru este a încerca să înşeli pe altul. A reconstruit ce avea de reconstruit,
ca să poată locui cu familia şi a mulţumit lui Dumnezeu şi boierului
toată viaţa pentru lecţia pe care a primit-o. Omul nostru a înţeles că
cine caută să înşele pe altul, pe sine se înşală.

11. Copilul şi rugăciunea

Un copil de doar zece ani, pe nume Ioan, fiind mai tăcut de fel,
nu prea era băgat în seamă de ceilalţi copii, nici de profesori
şi nici chiar de părinţii lui, fiind considerat mai slab cu mintea. Copilul
nu avea rezultate la învăţătură foarte bune, în schimb îi plăcea Religia,
materie la care era ochi şi urechi, atunci când profesorul preda.

El înţelese de fapt că viaţa fără rugăciune este o viaţă fără Dumnezeu,
astfel şi-a procurat o carte mică de rugăciuni şi citea din ea mai tot
timpul. Părinţii săi erau oameni foarte ocupaţi, care stăteau mai toată
vremea pe la serviciu şi veneau seara târziu, obosiţi, pregăteau masa,
discutau probleme de serviciu, se culcau şi a doua zi o luau de la capăt.

Pe părinţii săi, Ioan nu i-a văzut niciodată rugându-se. În schimb
mesele erau sfinte. În familia lui era o preocupare excesivă pentru a nu
lipsi nimic din cămară şi pentru a se pune mereu la fiecare masă bucate
îndestulătoare.

Într-o seară, Ioan era adâncit în cartea lui de rugăciune şi nu a auzit
când părinţii lui l-au chemat la cină. Văzu cum mama vine furioasă spre
el, cum îi smulge cartea aruncând-o cât acolo şi zicând: „Măi copile, pe
ce lume te crezi? Crezi că am chef să strig de o mie de ori la tine să vii

la masă? Eu nu am timp de prostiile tale!".

Sigur că Ioan se simți vinovat că nu a auzit când părinții săi l-au strigat, dar în același timp era și indignat fiindcă mama sa îi aruncase cartea de rugăciuni. Pe moment nu reacționă în nici un fel. Merse agale și se spălă pe mâini. Apoi se așeză la masă alături de părinții săi. Și dintr-odată simți nevoia să zică acestea:

- Știți mamă, tată!…Mă gândesc și eu la ceva. Dacă ne-ar mântui mâncarea, toată ziua am sta la masă! Dar dacă ne mântuiește rugăciunea, oare de ce noi îi oferim atât de puțin timp?

12. Ce este smerenia

Părinții micuțului Petru, oameni credincioși și care mergeau adesea la biserică au primit din partea copilului o întrebare la care nu se așteptau. Cel mic, în vârstă de doar cinci ani i-a întrebat: „Ce este smerenia?". Părinții lui s-au sfătuit un pic după care i-au răspuns:

- Copile dragă, știi că noi avem un vișin chiar în colțul grădinii, care are crengi și spre vecinul nostru, dar și spre drum. Ții minte că vișinul nostru a făcut anul ăsta rod de ne-am îndestulat și noi și vecinii, dar și trecătorii?…Aceasta este smerenia! Când cineva vrea să slujească tuturor știind că este cel mai mic și mai nevrednic. Și smerenia este roditoare la fel ca și vișinul nostru din curte. Dar să știi, că smereniei i se opune mândria. De exemplu, vecinul nostru cel bogat, care din cauza mândriei nici nu salută pe nimeni, are și el în curte un vișin înalt și viguros. Dar când a venit vremea rodului, de-abia a cules câteva vișine din vârful lui și acelea după ce s-a urcat pe o scară. Omul smerit este ca pomul cu ramurile plecate din care se îndestulează toți, iar omul mândru este ca pomul înalt din care de-abia urcându-te pe o scară culegi un rod, două.

13. Locul cu mărăcini

Un tânăr a luat hotărârea să scape de vicii. Încercă tot ce-i stătu în putință, dar și-a dat seama că nu poate scăpa de patimi de unul singur. Așa că s-a dus să se spovedească la preotul său duhovnic. Acesta, primindu-l cu blândețe și răbdare i-a spus următoarea istorioară: „Un om l-a trimis odată pe fiul său la câmp să curețe un loc plin cu mărăcini. Băiatul a privit locul, a privit mărăcinii și s-a îngrozit. Pierzându-și nădejdea că va putea izbuti, băiatul s-a culcat pe un snop de paie și a adormit. La fel a făcut și în zilele următoare, astfel că mărăcinii și mai mult se întindeau. După câteva zile, tatăl a venit să vadă ce a lucrat copilul său. Locul era neînceput. Părintele copilului nu grăi nimic de rău, ci cu blândețe arătă fiului său o bucată de pământ, cam a zecea parte din loc: «Uite, mâine să cureți măcar partea aceasta!». Atunci copilul a înțeles ce are de făcut. A porționat terenul și a reușit să-l curețe în câteva zile".

Apoi duhovnicul îi spuse tânărului concluzionând: „Așa este și cu curățirea sufletului, dacă ai răbdare și smerenie, dintr-un loc plin cu mărăcini poți să faci unul de o frumusețe rară".

14. Inelul învățătorului

Un înțelept a dorit să-i dea ucenicului său o lecție și i-a dat inelul de la mână pentru a-l duce la un bijutier spre a-i face un preț de vânzare.

Ucenicul s-a dus cu inelul la primul bijutier pe care îl cunoștea. Acesta îi spuse că nu poate să-i ofere decât 10 bani de argint pentru inel. Ucenicul plecă de acolo repede, pentru că își dădu seama că inelul învățătorului este mult mai valoros. Merse în satul vecin și acolo un alt bijutier dori să-i ofere 29 de bani de argint pentru inel. Tânărului i se păru puțin și merse cale lungă până la un alt bijutier despre care se spunea că ar fi cel mai bun.

Al treilea bijutier examină micul inel, îl privi atent prin lentila prinsă cu ochiul, îl răsuci şi apoi zise:

- Spune-i învăţătorului că dacă ar vrea să-l vândă acum, nu-i pot oferi decât 70 de bani de aur pentru acest inel!

- Cuuum, 70 de bani de aur?!? exclamă năucit tânărul.

- Da, răspunse bijutierul. Ştiu că-n alte vremuri ar merita şi 90, dar dacă vrea să-l vândă degrabă, nu-i pot oferi decât 70 de bani de aur.

Tânărul mulţumi şi se întoarse degrabă la învăţătorul său, înapoindu-i inelul şi povestindu-i pe nerăsuflate cele întâmplate. După ce îl ascultă, înţeleptul îi spuse:

- Ia loc, te rog! Tu, fiul meu, eşti asemenea inelului pe care ţi l-am dat să-l vinzi. De multe ori eşti neîncrezător şi te-am auzit când ai spus că nu eşti bun de nimic. De fapt, tu, fiind creat de Dumnezeu eşti o bijuterie valoroasă şi unică. Ca şi în cazul inelului, doar un expert poate spune cât de mare este valoarea ta. Ai voie să fii smerit, dar să nu te mai desconsideri niciodată.

15. Fetiţa si povara

Pe o potecă abruptă şi stâncoasă, un călător a întâlnit o fetiţă, care-şi purta în spate frăţiorul. Se vedea de la o poştă că micuţul era prea greu pentru puterile surorii sale. Călătorul i-a spus:

- Fetiţo, ce grea povară duci!

Ea l-a privit mirată pe omul acela şi i-a răspuns simplu:

- Nu este o povară domnule, este frăţiorul meu!

Călătorul a rămas uimit. Fetiţa cea curajoasă tocmai îi dăduse o lecţie preţioasă. Se gândea că de multe ori el îi învinovăţea pe cei din jur pentru problemele şi necazurile lui. De asemenea pe unii dintre oameni nu putea să-i înţeleagă sau să-i sufere. Îşi spuse astfel în sinea sa: ,,Are dreptate această fetiţă! Cel care ţi-a făcut necaz nu este o povară, ci este fratele tău!".

16. Gura lumii şi măgarul

Un bărbat şi fiul său mergeau spre un târg ca să vândă un măgar. Tatăl şi fiul mergeau pe lângă măgar, pe jos, când s-au întâlnit cu nişte oameni care i-au luat în râs: ,,Ce oameni, ca vai de ei! Îşi rup încălţămintea şi picioarele ca să nu strice potcoavele măgarului!".

Atunci, tatăl se sui pe măgar şi plecă mai departe. Curând se întâlniră cu alţi călători care au zis tot în batjocură: ,,Ce tată fără pic de inimă, uite, că nu are milă de copilul lui, îl lasă, sărmanul, să bată drumul pe jos!".

Tatăl coborî şi îl sui pe măgar pe cel mic. Se întâlniră cu alţi călători. Văzându-i, aceştia spuseră: ,,Poftim! Se mai cheamă acesta copil cu creştere bună? Tatăl merge pe jos, iar fiul călare!...".

- Ce-i de făcut, măi, cu oamenii aceştia? zise tatăl.

Se suiră apoi amândoi pe măgar, cu nădejdea că vor astupa gura lumii. Da, de unde, abia făcură câţiva paşi, că alţi oameni pe care-i întâlniră ziseră: ,,Ia, uitaţi-vă! Ce oameni tirani! Rup spinarea bietului măgar".

- Ascultă, măi fiule, zise tatăl, cu oamenii aceştia nu o scoatem la capăt!

Şi atunci luă un par, lovi măgarul cu putere şi-l abandonă în pustie.

După aceasta îi spuse fiului său:

- Şi dacă mergeam mai departe tot am fi întâlnit alţi şi alţi oameni care să râdă de noi, să ne supere sau să încerce să ne tragă pe sfoară la piaţă la vânzarea măgarului. Cu voia lui Dumnezeu să ne întoarcem acasă! Şi dacă va fi vreodată să înveţi ceva din întâmplările acestea, încearcă să înţelegi că nici omul cel mai sfânt de pe pământ nu scapă de gura lumii. Tot se va găsi cineva să spună despre el că este lipsit de inimă, că nu are bună creştere sau că este nebun.

17. Apa vie

orind să-l contrazică pe un om credincios, un necredincios îi spuse:

- Voi, creştinii, spuneţi că Dumnezeu este oriunde. Dacă este aşa, de ce te mai duci la Biserică, să asculţi predicile, când oricum Îl vedem peste tot.

- Aşa este, pe Dumnezeu, cei cu credinţă Îl văd peste tot! Însă uite-te în jur! Chiar dacă aerul este încărcat pretutindeni cu vapori de apă, aceştia nu-ţi astâmpără setea şi, de aceea, mergi la fântână. La fel şi noi, creştinii, mergem la Biserică aşa cum şi tu mergi la fântână. Tu îţi astâmperi setea trupului cu apa proaspătă şi rece a fântânii, noi ne astâmpărăm setea sufletului cu apa dătătoare de viaţă veşnică, cu apa vie care este Cuvântul lui Dumnezeu.

18. Ţăranul şi raţa

upă ce a muncit câteva ceasuri pe câmp, un ţăran s-a aşezat la umbra unui pom să se odihnească. Deodată, lângă el a venit în zbor o raţă sălbatică şi s-a oprit alături, să ciugulească ceva. Uşor, ţăranul şi-a scos căciula şi - zdup! - a prins biata pasăre.

- Ce noroc pe capul meu! Chiar mi-era foame! şi-a zis ţăranul. O să fac un foc zdravăn şi o să prăjesc raţa asta. Fac o ditamai friptura!

Apoi aruncând ochii spre cer spuse:

- Acum Doamne, să mă ierţi, că ştiu că este zi de post, dar pot eu să refuz o aşa bunătate, dacă mi-ai trimis raţa asta fix în căciulă!?...

Dar în timp ce încerca să scoată pasărea de sub căciulă, aceasta se strecură repede pe lângă mâna ţăranului şi, ridicându-se imediat în zbor, dusă a fost. Ţăranul se încruntă un pic, ridică din nou ochii la cer şi spuse:

- O, Doamne, vezi ce suflet bun am! M-am îndurat de pasărea asta şi nu am mâncat-o…Aşa că Doamne, să nu uiţi să-mi răsplăteşti binele pe care l-am făcut!

19. Dragoste de frate

Într-o familie săracă erau doi fraţi. Cel mic era cuminte şi ascultător, nu ieşea din vorba părinţilor niciodată, dar cel mare făcea mai tot timpul probleme părinţilor şi era neascultător. Cu toate acestea, fratele cel mic îşi urma fratele peste tot. Într-o după-amiază pe când cei doi fraţi se duceau la râu, fratele cel mare zări în grădina unui bogătaş un măr care tocmai rodise. Nici nu stătu pe gânduri că şi sări în grădină şi începu să-şi umple sânul de mere. Fratele cel mic îl urmă doar ca să îl roage să nu ia merele, dar în acel moment slugile bogătaşului apărură în grădină. Fratele cel mare reuşi să fugă, cu mere cu tot, dar cel mic fu prins de slugi.

Băiatul îşi asumă toată vina fratelui mai mare, care dăduse bir cu fugiţii. Chiar şi când bogătaşul îi spuse ca va trebui să plătească merele lipsă, băiatul nu suflă o vorbă despre fratele său. Când tatăl lor fu chemat la casa bogătaşului se miră tare. Fiul lui cel cuminte fusese prins la furat!?

Tatăl băieţilor împreună cu bogătaşul aleseră apoi pedeapsa cuvenită: băiatul îi va sluji bogătaşului până va plăti de trei ori valoarea merelor furate. Pe lângă aceasta, acasă, băiatul fu pedepsit de tatăl lui ca să îndeplinească toate sarcinile pe care le aveau de făcut şi el şi fratele lui mai mare, de unul singur. Fratele cel mare nu spuse nimic. Era bucuros că scăpase basma curată, ba pe deasupra fratele mai mic făcea şi treburile lui prin gospodărie.

Trecând anii, cei doi s-au căsătorit şi şi-au întemeiat propriile cămine şi gospodării. Fratele mai mare după ce a mers odată la biserică şi-a adus aminte de modul în care s-a sacrificat cel mic pentru el, atunci când erau copii şi cum a fost pedepsit în locul său. Astfel că s-a dus, i-a bătut la poartă şi i-a lăsat în prag un coş cu mere roşii şi fără cusur.

Şi s-a hotărât ca la fiecare vizită pe care i-o făcea fratelui mai mic să ducă un astfel de dar. Pentru că merele le aminteau amândurora ce înseamnă, cu adevărat, dragostea de frate.

20. Întoarcerea fiului satului

Toţi aşteptau cu nerăbdare întoarcerea lui Saşa, fiu al satului care luase calea călugăriei, dorind ca acesta să-i înveţe cât mai multe despre Dumnezeu. Sătenii l-au înconjurat pe Saşa, cel devenit alt om de acum, pe monahul cel sporit îmboldindu-l care mai de care cu întrebări.

Ei voiau să afle despre sentimentele extatice din inima sa pe care le trăieşte rugându-se ca un călugăr, despre viaţa pe care o duce la mănăstire, despre întâlnirile lui probabile cu sfinţii sau îngerii, despre minunile pe care le fac unii călugări, despre locul binecuvântat în care se află mănăstirea. Saşa a luat o hârtie, ceva de scris şi a desenat o hartă.

- Dacă vreţi să aflaţi toate acestea şi răspunsurile la tot ce m-aţi întrebat, mergeţi să aflaţi de unii singuri. Uite, v-am făcut aici o hartă!

Bucata de hârtie, harta lui Saşa, a fost înrămată, alţii au pus-o în vitrină, alţii cu migală au copiat-o şi în scurt timp a ajuns obiect de veneraţie. Numai că luând în considerare că harta este totuna cu locul şi cu răspunsurile pe care ei le aşteptau de la Saşa, nici un sătean nu a purces să facă şi drumul indicat de hartă.

21. Marele duhovnic

*D*in gura marelui duhovnic curgeau vorbe nemaiauzite, la auzul cărora cei din jur îşi îndreptau viaţa şi se gândeau mai mult la cele cereşti, decât la cele pământeşti. Îl căutau şi veneau la Sfinţia Sa pentru a cere un sfat bun, credincioşi şi de la mii de stadii depărtare. Marele duhovnic avea o vârstă venerabilă şi mai mulţi oameni l-au rugat să-şi scrie învăţăturile, să le adune într-o carte. El le răspundea tuturor aşa:

- Ascultaţi fiilor ce vă spun! Un duhovnic adevărat este cel care îşi imprimă credinţa şi trăirea întru Hristos în inimile fiilor săi duhovniceşti, nu în paginile unei cărţi!

22. Haralambie şi musca

*T*ânărul Haralambie era de-a dreptul fascinat de o carte cuprinzând învăţături de credinţă pe care o citea şi o ţinea tot timpul la îndemână. Era o carte scrisă de un sfânt care descria minunile creaţiei. Autorul explica modul în care până şi cele mai mici şi mai nebăgate în seamă insecte ascultă de Dumnezeu. H a r a l a m b i e credea, de exemplu, că furnica fiind mică nu are nicio putere. Dar sfântul lămurea această chestiune, demonstrând

în paginile cărţii sale cum prin bunătatea lui Dumnezeu şi grija Sa faţă de creaţie, furnica poate să care cu gura o greutate mai mare de 20 de ori decât propriul corp.

Din aceeaşi carte, tânărul a aflat lucruri la fel de fascinante despre ţânţar, albină sau muscă. Numai că la un moment dat, Haralambie adâncit fiind în lectură, nici nu şi-a dat seama că dintr-un reflex dinainte format a strivit o muscă, care se tot aşeza pe el, plesnind-o chiar cu cartea pe care o citea.

23. Strigarea în pustie

Un om credincios, care avea daruri profetice a venit într-un sat plin de oameni necredincioşi şi a început să predice, să strige cuvântul lui Dumnezeu prin pieţe, pe uliţe sau prin adunări. Nimeni nu îl asculta şi nimeni nu-l lua în seamă. Sătenii considerau că omul este nebun din cauza faptului că îl vedeau tot timpul vorbind de unul singur şi gesticulând. Observând că nimeni nu îl ascultă, omul nostru s-a dus să cuvânteze în pustia de la marginea satului.

Atunci oamenii au devenit curioşi. Un sătean s-a apropiat mai mult de predicator şi l-a ascultat ceasuri întregi. Apoi l-a întrebat: „De ce predici aici şi nu ca mai înainte, în sat?". Iar omul credincios răspunse: „Pentru că dacă am văzut că nu-i pot schimba pe oameni, am venit să strig aici în pustie, de frică să nu mă schimbe ei pe mine!".

Ajungând aceste cuvinte înţelepte în sat, mulţi au început să creadă în Dumnezeu şi să-şi schimbe viaţa păcătoasă. Apoi au vrut să formeze un grup o adunare cu care să meargă în pustie să-l asculte pe profet. Numai că acesta a plecat şi nu a mai fost de găsit sub nici un chip. Misiunea lui se încheiase.

24. Diogene şi lintea

Diogene, filosof grec, renumit pentru viaţa sa ascetică, obişnuia să trăiască într-un butoi. Se îmbrăca sărăcăcios şi mânca puţin, doar ce căpăta în urma cerşitului. Filosoful alesese acest mod de viaţă pentru a-i mustra pe cetăţenii Atenei care se gândeau numai la lux, la mâncăruri şi la băuturi alese. Într-o zi, pe lângă butoiul său trecu un filosof bogat, chiar în timp ce Diogene se pregătea să mănânce linte dintr-un castron murdar. Filosoful bogat i se adresă:

- Dacă ai fi învăţat ce înseamnă supunerea faţă de rege, n-ai fi fost nevoit să trăieşti în mizeria asta şi n-ai fi mâncat linte!

La care Diogene a răspuns:

- Dacă ai fi învăţat să mănânci linte, nu ar mai fi fost nevoie să cauţi zilnic fapte şi vorbe cu care să-l linguşeşti pe rege!

25. Ziua de odihnă

Un ţăran necredincios îi tot spunea unui vecin că nu înţelege rostul duminicii şi de ce cinsteşte el această zi, ducându-se la biserică. Între ei începu următorul dialog:

- Prietene, ce ai spune dacă eu aş avea 7 galbeni şi aş da 6 galbeni unui cerşetor, pe care l-aş întâlni în drumul meu?

- Aş spune că eşti un om darnic, răspunse ţăranul necredincios, cu ironie în glas.

- Dar ce-ai spune, dacă acest cerşetor, în loc să-mi mulţumească, mi l-ar cere şi pe al şaptelea? întrebă creştinul.

- Aş spune că e un om de nimic, un netrebnic, şi că merită dus la spânzurătoare, spuse cu hotărâre în glas ţăranul.

Acum, cel ce mergea spre biserică, îi zise zâmbind:

- Ei bine, ţi-ai rostit propria ta osândă, căci din şapte zile câte sunt într-o săptămână, Dumnezeu ţi-a dat şase pentru lucru şi a şaptea doreşte să o sfinţeşti pentru El. Dar tu o vrei şi pe a şaptea pentru tine. Faci întocmai ca acel cerşetor pe care l-ai osândit.

26. Copilul bine crescut

Într-un sat din câmpie, s-au întâlnit la o fântână trei femei. Două dintre ele nu încetau să-şi laude copiii. Cea de-a treia însă, nu spunea nimic, cu toate că avea şi ea un băiat cu care s-ar fi putut lăuda. Cele trei femei au luat apă în găleţi şi au plecat împreună înapoi, spre casă. Pe drum, s-au întâlnit cu cei trei copii, care se jucau într-o livadă.

- Ia uite-l pe-al meu, a zis prima femeie. E aşa de puternic!...

- Dar al meu, zise şi a doua, e priceput la toate!...

Nici de această dată, cea de-a treia femeie nu a spus nimic. Copilul ei, văzându-le pe cele trei femei, s-a grăbit să vină şi să ajute la căratul găleţilor. Ceilalţi doi băieţi au început să râdă de el şi au rămas să se joace mai departe.

Acum se vedea adevărul. Din smerenie, cea de-a treia femeie nu se lăudase cu feciorul său, dar, în locul copilului, vorbeau faptele sale.

emult, a venit la un călugăr, un om tare necăjit
şi l-a întrebat:

- Ce este rău cu mine? De ce nu îmi găsesc liniştea ? De ce sunt nemulţumit de viaţa mea?

Bătrânul călugăr a luat, atunci, un pahar şi, după ce l-a umplut pe jumătate cu apă, l-a aşezat pe masă zicând:

- Cum este acest pahar?

- Este pe jumătate gol! veni răspunsul.

- Vezi! i-a spus călugărul. E eu îl văd pe jumătate plin!

În viaţă, trebuie să vezi partea frumoasă a lucrurilor. Nu este greu, mai ales că în toate există ceva frumos. Dacă vom şti să privim natura, vom vedea frumuseţe şi bogăţie. Daca vom şti să-l privim pe om, în adâncul lui, vom vedea bunătate şi dragoste. Privind astfel acest pahar cu alţi ochi, precum viaţa şi oamenii, devenim noi înşine mai frumoşi, mai bogaţi şi mai buni.

28. Cine este om drept

emult, un om l-a întrebat pe un bătrân călugăr înţelept:

- Părinte, cine-i drept înaintea lui Dumnezeu? Am auzit povestindu-se despre o mare minune! Un om care putea să zboare, să se înalţe singur în văzduh. Este acesta semn că-i drept înaintea lui Dumnezeu, asemenea sfinţilor?

- Nu, fiule, nici vorba!

- Dar am auzit povestindu-se şi despre un om care putea să meargă pe apă. Este acesta drept înaintea lui Dumnezeu?

- Nici acesta! răspunse înţeleptul.

- Dar atunci, cine este drept?

- Este cel ce îşi duce viaţa liniştit, în credinţă şi în frică de Dumnezeu. Dacă Dumnezeu ar fi vrut ca noi să zburăm, atunci ne-ar fi dat aripi. Dacă ar fi vrut să mergem pe apă ne făcea mai uşori. Rostul nostru este de a fi buni creştini. Pentru a fi sfânt nu trebuie să te înalţi în văzduh cu trupul; doar sufletul să ţi se înalţe spre cer prin rugăciuni şi fapte bune. Nici nu trebuie să mergi pe ape; doar sufletul tău să rămână mereu deasupra păcatelor şi să nu se afunde în ele.

29. Cele cinci pâini

Un stareţ dintr-o mănăstire de la poalele unui munte avea obiceiul ca în fiecare săptămână să trimită câte un călugăr să ducă o bucată de pâine unui pustnic ce locuia într-o peşteră sus pe munte. Iată că într-o zi îi veni rândul şi unui călugăr tânăr, care auzise foarte multe despre acest pustnic, dar niciodată nu-l întâlnise. Mare îi fu mirarea când stareţul îl chemă la el şi îi întinse o traistă în care erau cinci pâini proaspete, abia scoase din cuptor. Deşi ştia că pustnicul nu primea decât o pâine, tânărul călugăr luă traista şi nu spuse nimic.

Merse el o bună bucată de drum şi la un moment dat, pe marginea unui râu văzu un băieţel care plângea în timp ce se chinuia cu un băţ să arunce o sfoară în apă. Călugărul se apropie de el şi îl întrebă de ce plânge. Copilul se opri din plâns şi îi povesti cum tatăl lui îi dădu un bănuţ ca să se ducă în sat să ia o pâine, dar pe drum a pierdut banul. De teamă să nu lase familia lui flămândă, copilul încerca să prindă nişte peşte. Călugărul nu stătu prea mult pe gânduri, scoase o pâine din desagă şi i-o întinse băieţelului. Fericit, băieţelul luă pâinea şi plecă spre casă.

Ajuns pe munte, hotărî să se odihnească un pic şi se aşeză la umbra unui copac. La un moment dat, auzi un ciripit. Nu era un ciripit vesel, ci mai degrabă un semnal de alarmă, care venea din partea unei rândunici care zbura de pe un ram pe altul. Tânărul călugăr văzu chiar deasupra, pe cer, un uliu care dădea târcoale. Dintr-un cuib, tot de deasupra, trei puişori de rândunică aveau ciocurile deschise şi aşteptau mâncare. Rândunica pesemne că ar fi vrut să plece după ceva de mâncare pentru puii ei, dar nu putea din cauza uliului care făcea rotocoale din ce în ce mai mici şi se apropia ameninţător. Călugărul chiui odată cu putere şi uliul se depărtă. Se ridică, rupse o pâine în bucăţi mici şi-şi văzu mai departe de drum.

După ce mai merse o bucată de drum, după el se luă un câine, care a adulmecat pâinea. Călugărul nu răbdă să-l vadă nici pe acesta flămând şi scoase o pâine din desagă şi i-o aruncă. Câinele luă pâinea şi se făcu nevăzut.

Rătăcind cărarea el însuşi simţi că îl împunge foamea. Se aşeză pe o piatră şi mâncă o pâine. Ajuns la pustnic călugărul îi întinse pâinea care a rămas. Pustnicul îi spuse:

- Să-i spui Părintelui stareţ, că-i mulţumesc pentru toate cele cinci pâini!

- Dar, iertaţi-mă, zise călugărul cel tânăr, de unde ştiţi preacuvioase că v-au fost trimise cinci pâini şi nu una, ca de obicei?

- Şi eu şi stareţul chiar dacă suntem nevrednici, am căpătat darul de a cunoaşte neputinţele oamenilor. Cele patru pâini erau de fapt pentru tine, iar o pâine prin darul lui Dumnezeu a ajuns şi la mine.

30. Un tânăr credincios

Un tânăr a îndrăznit să bată la uşa unei case în care se afla Domnul Iisus.

- Cine bate? a întrebat Mântuitorul.

Tânărul zice:

- Un credincios iubitor al Tău!

Domnul Iisus zice:

- Pleacă! Pentru că nu te cunosc!

Întristat, tânărul a dat să plece, dar i-a venit o idee şi a mai bătut o dată în uşă.

- Cine este la uşă? a întrebat din nou Mântuitorul.

- Tu Eşti! spuse tânărul.

Atunci uşa se deschide şi Iisus îi spune: „Dacă tu eşti Eu, atunci intră!”.

31. Bârfa

Într-o familie cu mulţi copii, mezinul era cel mai devotat rugăciunii. Într-o noapte, toţi fraţii lui au adormit sau au aţipit, unul cât unul, iar el a rămas să privegheze şi să se roage împreună cu tatăl său care citea Psaltirea. Cel mic referindu-se la fraţii săi, zise:

- Niciunul dintre adormiţii aceştia nu-şi mai deschide ochii pentru a spune rugăciuni. Ai zice că nici nu sunt creştini!

Tatăl său îi spuse atunci cu blândeţe:

- Ştii fiule, decât să-ţi bârfeşti fraţii, aş fi preferat să dormi şi tu!

32. Călugării şi femeia cea frumoasă

Doi călugări tineri călătoreau spre o cetate şi în drumul lor aveau de traversat o apă care nu avea punte. Ei văzură pe malul apei o femeie tulburător de frumoasă, care dorea şi ea să treacă apa, dar nu avea curaj. Unul dintre călugări nu stătu prea mult pe gânduri, a luat-o pe tânără în spate şi a trecut-o prin apa adâncă. Femeia şi-a văzut apoi de drumul ei. Celălalt călugăr uluit îl întrebă pe frate:

- Cum ai putut frate, să faci aşa ceva? Ştii că nu avem voie să ne atingem de femei.

Fratele nu răspunse nimic şi-şi văzu de drum. După o jumătate de ceas iar întrebă celălalt:

- Cum ai putut frate să faci aşa ceva? Ştii că nu avem voie să ne atingem de femei.

Iarăşi nu primi niciun răspuns.

După un ceas întrebă din nou şi atunci primi următorul răspuns:

- Frate, eu am dus femeia aceea câteva minute şi am lăsat-o acolo pe mal. Iar tu, după un ceas încă o mai porţi cu mintea!

33. Învăţătura de credinţă

Un preot foarte tânăr, proaspăt numit într-o parohie a vrut neapărat să stea de vorbă cu Ion, un ţăran simplu despre care auzise că este cel mai credincios om din sat.

- Şi i-a spune-mi bade, câte rugăciuni ştii pe de rost? întrebă preotul

- Păi nu sunt sigur!

- Dar măcar ştii Cine este Cel care a rostit Predica de pe Munte?

- Nu! Nu sunt sigur!

- Iisus la ce vârstă a murit? întrebă iar preotul tânăr.

- Păi nu știu sigur!

- Dar unde este învățătura dumitale de credință, dacă nu știi nimic sigur? întrebă tânărul preot derutat.

- Părinte, eu au am fost trei ani de zile un fel de bețiv al satului. Apoi am intrat în niște datorii uriașe și am rămas de tot fără prieteni. Soția și copiii mei tremurau de frică când veneam eu acasă. De când am început să cred în Iisus, am renunțat la băutură, nu mai am datorii și am un cămin liniștit. Toate acestea au fost posibile cu ajutorul Domnului Iisus. Ori de lucrul acesta…sunt foarte sigur!...

34. Creștinul și frizerul

Un creștin a mers la o frizerie ca să-și tundă părul și să-și taie barba. În timp ce frizerul își servea clientul, între cei doi s-a pornit o conversație destul de aprinsă. Au vorbit despre multe lucruri și au abordat diverse subiecte. În cele din urmă au început să vorbească despre Dumnezeu. Iar frizerul a ținut să aibă el ultimul cuvânt:

- Eu spun că Dumnezeu nu există!

- De ce spui asta? a întrebat creștinul.

- Trebuie doar să ieși pe stradă și vei realiza că Dumnezeu nu există. Spune-mi, dacă Dumnezeu ar exista, ar mai fi atâția oameni bolnavi? Ar mai fi atâția copii abandonați? Dacă Dumnezeu ar exista, nu ar fi nici suferință și nici durere. Nu-mi pot imagina un Dumnezeu iubitor care să îngăduie astfel de lucruri.

Clientul s-a gândit un moment, dar nu i-a răspuns deoarece nu a vrut să stârnească o ceartă. Frizerul și-a terminat treaba, iar clientul a părăsit liniștit frizeria. Chiar când a ieșit din frizerie, creștinul nostru a văzut pe stradă un om cu părul mare, încâlcit și cu o barbă mare, murdară.

Clientul s-a întors la frizerie și i-a spus frizerului:

- Știi ce prietene? Am ajuns la concluzia că frizerii nu există.

- Cum poți spune asta? a întrebat frizerul surprins. Eu sunt chiar aici? Nu eu te-am tuns?

- Nu! a exclamat clientul. Frizerii nu există, căci dacă ar exista, atunci nu ar mai fi oameni cu părul lung și murdar și cu barba netăiată, cum e omul acela de afară.

Celălalt chicoti și spuse:

- Ah, dar frizerii există! Acela este unul dintre oamenii care nu vin la mine.

- Exact! a afirmat clientul. Asta e ideea! Și Dumnezeu există! Necazurile și suferința se întâmplă mai ales atunci când oamenii nu vin la El.

35. Călugărul și domnitorul

O dată, un domnitor renumit pentru mintea sa luminată, a aflat că, departe, într-o mănăstire retrasă, trăiește un călugăr bătrân; om de o rară înțelepciune, și, dorind să vadă el însuși cât de adevărată este această veste, se duse neîntârziat în acel sfânt lăcaș și ceru să-l vadă pe călugăr.

Când acesta veni supus și smerit, domnitorul, vrând să-l încerce într-o situație mai puțin obișnuită, îi spuse:

- Părinte, pot să te întreb ceva?

- Desigur, Măria-ta, întreabă-mă!

- Vezi, deja te-am întrebat.

- Iar eu deja ți-am răspuns.

- Ce mi-ai răspuns?

- Dar tu ce m-ai întrebat?

Văzând înțelepciunea acestuia, domnitorul a petrecut, de atunci, mult timp împreună cu bătrânul călugăr, care, pentru povețele sale, era mereu prețuit și căutat atât de boieri, cât și de oamenii simpli. Aceștia veneau de departe pentru a primi sfaturile sale folositoare, izvorâte din credința și înțelepciunea sa.

36. Străinul cel milostiv

În timpul unei campanii militare, un pluton muncea la repararea unei căi ferate distruse de bombardament. Câţiva soldaţi, deşi luptau din răsputeri, nu puteau clinti un stâlp greu, căzut peste şine. Alături, caporalul strigă la ei, ocărându-i pentru neputinţa lor. Trecând pe acolo un străin, i s-a adresat caporalului:

- De ce nu-i ajuţi şi dumneata?

- Eu sunt caporal, domnule, eu supraveghez şi comand. Ei trebuie să muncească!

Străinul nu a mai spus nimic, doar şi-a scos haina şi a început să tragă şi el cot la cot cu soldaţii de un capăt al stâlpului. După scurt timp, au reuşit să elibereze şinele. Încântaţi de reuşită, soldaţii i-au mulţumit străinului care, luându-şi haina să plece, i-a mai spus caporalului:

- Dacă va mai fi nevoie, vă rog să mă chemaţi!

- Da?!...zice în batjocură caporalul. Dar cine eşti dumneata?

- Sunt generalul acestei divizii ...

37. Omul cârtitor

Într-o zi, un om ostenit de drum se aşeză sub un copac să se odihnească. În timp ce se odihnea, a trecut pe lângă el o trăsură cu patru cai. Omul ştiind cât mai are de mers, a început să cârtească:

- De ce nu face Dumnezeu dreptate pe pământ! De ce acestuia i-a dat trăsura cu patru cai, iar mie nu mi-a dat nici măcar un cal?

După puţină vreme, mergând prin arşiţa zilei s-a întâlnit cu un orb care căra în spate un olog. Drumeţul s-a liniştit atunci cu duhul, văzându-i pe cei doi, şi a spus în sinea lui:

,,Oare chiar îmi trebuie căruţă şi cai!?...Nu-mi ajunge că sunt sănătos?"

38. Fata de preot

Profesorul de Religie a adresat în timpul orei, unor copii mici următoarea întrebare:

- Dacă toţi oamenii buni ar avea culoarea albă şi toţi oamenii răi ar avea culoarea neagră, voi ce culoare aţi avea?

Cei mai mulţi copii au răspuns că ar avea culoarea albă. Privirile s-au aţintit deodată spre Ana, care era fată de preot şi trebuia să răspundă şi ea la întrebare. Cu toţii se aşteptau să zică şi ea că ar fi albă.

Spre surprinderea tuturor ea spuse:

- Ei bine!...Dacă toţi oamenii buni ar avea culoarea albă şi toţi oamenii răi ar avea culoarea neagră...Eu aş fi vărgată!

39. Cerul înstelat

Nu se ştie de ce, într-o seară, chilia unui călugăr a luat foc. Ceilalţi călugări au sărit şi au reuşit să stingă focul destul de repede, rămânând doar o gaură considerabilă prin acoperiş. Mai mulţi călugări i-au spus aceluia căruia îi arsese chilia să doarmă la stăreţie sau la trapeză.

Însă călugărul a refuzat spunând că va dormi în continuare în chilie, chiar dacă nu are acoperişul întreg. Dorea să afle pentru ce pricină casa i-a luat foc. Când se înseră, își făcu rugăciunile de seară, apoi se puse în pat. Când fu gata să ațipească, prin gaura mare din acoperiș văzu un superb cer plin de stele. Atunci călugărul a înțeles că încet - încet în rugăciunile sale el uitase să-i mulțumească lui Dumnezeu pentru apa rece din fântână, pentru legumele gustoase, pentru superbele flori din grădină și mai ales pentru cerul înstelat pe care tocmai se desfăta privindu-l.

40. Tâlharul și diamantul

Un tâlhar dădu buzna în chilia unui sihastru, scoase sabia și îi spuse:

- Dă-mi piatra! Vreau să-mi dai piatra!...Că de nu mi-o dai, am să te omor!

- La ce piatră te referi? întrebă pustnicul.

- Mi-a spus cineva că ai aici o piatră prețioasă, dă-mi-o! spuse tâlharul.

- Aaa, trebuie să fie pietricica asta fără valoare, pe care am găsit-o la râu, zise pustnicul. Poftim ia-o și bagă sabia la loc! Acum pun să fac o supă și te voi invita la masă. Și-apoi eu zic să înnoptezi aici, fiindcă e deja seară, prin apropiere bântuie animalele sălbatice și nu cumva să pățești ceva...

Tâlharului nu-i venea să creadă. Piatra pe care o luase din mâna pustnicului era un diamant fără pereche, care valora o avere. Se hotărî să înnopteze acolo, mâncă supa pregătită de sihastru și îl văzu pe acesta înainte de culcare cum se roagă, părându-i-se că vede deasupra capului său o flacără galben-albăstruie. Când se trezi, tâlharul îi întinse sihastrului piatra înapoi și zise:

- Nu mai vreau diamantul acesta! Ia-l înapoi! Vreau în schimb, să-mi dai bogăția care te-a făcut pe tine să desconsideri diamantul, să ai atâta bunătate față de un om ca mine și să fii atât de curajos în fața unei săbii scoase.

41. Mărul din Rai

Un tânăr care dorea să devină învățător în ale credinței a vizitat odată un duhovnic, vestit pentru înțelepciunea sa. Duhovnicul l-a întrebat.

- Ce lucru vrei să te învăț?

Tânărul dorind să-l provoace pe marele duhovnic zise:

- Vreau să-mi descrii cum arată un măr din grădinile din Rai!

Duhovnicul spuse:

- Nu este nevoie să descriu asta, ai mărul chiar aici!

Și duhovnicul îi întinse un măr galben-auriu.

- Ei! Cum poate să fie acesta, ca un măr din Rai? Nu vezi părinte, că este un pic stricat? zise învățăcelul.

Atunci duhovnicul răspunse:

- Un măr din Cer este cu adevărat perfect! Dar dat fiind nivelul tău de înduhovnicire, acesta este deocamdată nivelul de perfecțiune la care poți avea acces.

42. Critica în fața clasei

Micuța Maria a venit foarte supărată acasă pentru că profesorul de Religie pe care îl simpatiza mult a criticat-o în fața clasei. La rugăciune a fost neatentă și a făcut semnul crucii strâmb. Tatăl fetei, care era un om credincios și înțelept îi spuse:

- Într-adevăr semnul crucii se face cu luare aminte și trebuie să nu-l facem în grabă. Poate era bine ca profesorul să-ți atragă atenția mai discret, nu în fața clasei… Ideea este, fata mea, că în viață trebuie să fim pregătiți să acceptăm și critici. O să-ți spun o întâmplare și poate vei înțelege singură ce vreau să zic: „În țările calde trăia un ascet care nu avea nici casă, nici masă. El mergea din loc în loc, propovăduind dreapta credință și vorbindu-le oamenilor despre Dumnezeu. Într-o zi, obosit fiind, s-a așezat la umbra unui cocotier. O maimuță, probabil deranjată de prezența lui acolo, i-a aruncat o nucă de cocos mare direct în cap. Omul nici măcar nu a privit înspre locul de unde a venit lovitura. A luat nuca, a spart-o. I-a băut laptele, i-a mâncat miezul și din coaja ei a făcut o mândrețe de vas pe care l-a băgat în desagă".

- Prin urmare, aș vrea să înțelegi, fata mea, că nu tot ce ți se întâmplă rău, este cu adevărat rău.

43. Tânărul care auzea vocea lui Iisus

Un tânăr auzind vocea lui Iisus a început să frecventeze biserica din micul oraș în care locuia. Fiindcă era singurul tânăr care venea aproape zi de zi le biserică, femeile credincioase, mai în vârstă, care nu lipseau vreodată de la vreo slujbă l-au preluat și s-au transformat în ghizi săi spirituali. Unele femei au venit cu sfaturi, altele i-au dat învățături de preț. Altele i-ai dăruit cruci și sticluțe cu ulei sfințit, l-au sfătuit să stea nemișcat la slujbe și să nu țină mâinile la spate.

Într-o primă etapă tânărul abia de mai auzea vocea lui Iisus. Apoi, după ce femeile acestea au început cu și mai multă insistență să-i bage în cap, „tradiția" bisericii locale și învățăturile lor de credință, tânărul nu a mai auzit vocea lui Iisus deloc.

După o vreme, tânărul a înțeles că ar fi putut auzi în continuare vocea dulce a lui Iisus, dacă ar fi avut un pic de curaj să descopere și singur, nu numai ajutat, frumusețea credinței și Ortodoxiei. Cu timpul, după ce tânărul și-a recăpătat răbdarea și încrederea deplină, Domnul Iisus a rupt din nou tăcerea și i-a vorbit din nou.

44. Mutul

Într-un sat mic de câmpie, trăia un băiat pe care nimeni nu l-a auzit vreodată vorbind. Mai mult mormăia sau îngăima ceva când era întrebat, în rest tăcea mai tot timpul. Părinţii l-au dus la medic, copilul a urmat o şcoală specială, dar tot nu şi-a dat drumul la vorbă.

A trecut vremea, băiatul a crescut, aproape că devenise bărbat, dar de vorbit tot nu vorbea. Deşi era un om credincios şi-şi vedea de treburile sale, sătenii îl luau mereu în râs şi l-au numit „Mutul”.

Într-o zi pe când mergea spre piaţă, „Mutul” a văzut un băieţel care alerga după un câine. La un moment dat, câinele a zbughit-o în mijlocul drumului şi băieţelul după el. Fără ca cel mic să observe, de pe un drumeag lăturalnic venea direct spre el o căruţă, trasă de un cal nărăvaş, care nu avea vizitiu. Fără să stea pe gânduri, „Mutul” se propti în faţa căruţei şi strigă de se auzi în tot satul: „Hooo! În numele Domnului, opreşte-te!”. Apoi căruţa se opri la câţiva paşi de băieţelul speriat, care apucase să-şi ia căţelul în braţe.

Sătenii, care ştiau de muţenia celui ce oprise calul, veniră repede în stradă şi se minunară cum de acest om a putut opri căruţa cu un cuvânt. Din mulţimea care se strânsese buluc în drum, se auzi o voce:

- Poţi să ne spui şi nouă cum dintr-o dată ai căpătat grai, când nimeni nu te-a auzit vreodată vorbind?

La care „Mutul” răspunse:

- Ei bine, acum mi s-a părut că am cu adevărat ceva de spus!

45. Căruţa goală

Într-o dimineaţă un băiat împreună cu tatăl său se plimbau prin pădure. La un moment dat, tatăl s-a oprit, a stat câteva secunde ascultând, apoi îşi întrebă feciorul:

- În afară de ciripitul păsărelelor, mai auzi şi altceva?

Băiatul după câteva clipe, îi răspunse:

- Aud zgomotul unei căruţe…

- Aşa este! spuse tatăl. Este o căruţă goală!

Copilul întrebă:

- Dar, cum de ştii că este o căruţă goală, dacă încă nu o putem vedea?

Iar tatăl îi răspunse:

- E foarte uşor să ştii când o căruţă este goală. Din cauza zgomotului pe care îl face. Cu cât este mai goală, cu atât face mai mult zgomot.

La fel, când în viaţa de zi cu zi vedem o persoană care vorbeşte prea mult, întrerupând conversaţia celor din jur, lăudându-se cu ceea ce are, simţindu-se atotputernică şi dispreţuindu-i pe ceilalţi, trebuie să ne amintim aceasta: „Cu cât căruţa este mai goală, cu atât mai mult zgomot face!”.

46. Soţia ideală

Un negustor din Orient şedea în prăvălia lui unde vindea ceai. Vecinul său, mai tânăr, îl anunţă:

- În curând mă căsătoresc şi sunt tare emoţionat. Tu nu te-ai gândit niciodată să te căsătoreşti?

Negustorul îi răspunse:

- Ba da, m-am gândit. Şi când eram tânăr mi-o doream foarte mult. Voiam să găsesc soţia perfectă. Am pornit la drum pentru a o găsi şi am mers la Damasc. Acolo am întâlnit o femeie frumoasă, plină de grație, distinsă și foarte spirituală, dar care nu prea era scoasă în lume. Am pornit atunci din nou la drum, îndreptându-mă spre Alep. Acolo am întâlnit o femeie pe cât de spirituală, pe atât de modernă, frumoasă din multe puncte de vedere, dar nu reușeam să comunicăm. La urmă am mers la Cairo și, după multe căutări, am găsit-o. Era profundă, harnică, inteligentă și frumoasă ca un înger. Simțeam că am găsit femeia perfectă.

- Atunci, de ce nu ai luat-o de soție? îl întrebă prietenul pe negustorul nefericit.

- Bietul de mine, spuse vânzătorul de ceai clătinând din cap. Din păcate și ea era în căutarea soțului ideal!

47. Supărarea între soți

Doi soți, un bărbat și o femeie s-au certat pentru niște treburi mărunte. Se întâmplă în orice familie, chiar și în familiile creștine. Și nu-și vorbeau. Fiecare o făcea pe supăratul, fiecare îl considera pe celălalt vinovat și nu voia nici unul să rupă tăcerea; mai ales bărbatul, care se considera superior, fiind și om de afaceri.

La un moment dat, bărbatul trebuia să plece într-o călătorie de afaceri și avea avion a doua zi dimineață. De obicei, când avea treburi așa de dimineață, îl trezea soția, dar acum, fiind hotărât să nu rupă el tăcerea primul, nu i-a spus soției nimic. Totuși avea nevoie să se trezească cu noaptea în cap, de aceea, fiind mai „înțelept", a scris pe o bucată de hârtie: „Te rog să mă trezești la ora 5!".

Bărbatul a lăsat biletul unde știa că soția o să-l găsească. În dimineața următoare, bărbatul se trezește și vede că este ora 8 și că a pierdut avionul. Furios, tocmai se pregătea să se certe din nou cu soția lui, care trebăluia prin bucătărie. Când privi mai atent, chiar lângă pat, observă hârtia pe care el scrisese seara: „Te rog să mă trezești la ora 5!".

Sub acest înscris soția adăugase: „Este ora 5! Trezește-te!".

48. Cerul

*P*limbându-se prin sat, un boier s-a întâlnit cu un țăran sărac și a început a se lăuda cu averile lui:

- Vezi tu livada de pe deal? E a mea. Pădurile care înconjură satul sunt și ele ale mele. Până și pământul pe care calci tu acum, al meu este. Tot ce vezi, de jur-împrejur, e proprietatea mea. Toate astea sunt doar ale mele!

- Dar acela? l-a întrebat țăranul, arătând cu degetul spre cer.

-...

- Nu cred că şi cerul este al tău. Acela este al meu! a mai spus ţăranul şi, cu zâmbetul pe buze, a plecat liniştit, lăsându-l pe boier mirat şi cu ciudă în suflet.

49. Casa în care locuieşte Dumnezeu

Într-o seară de iarnă, o tânără familie stătea în jurul mesei. Tatăl era trist şi apăsat de griji, iar mama îşi ţinea faţa în palme. Fetiţa lor cea mică, mirată de aceasta situaţie, se apropie încet şi întrebă:

- Mamă, de ce plângi?

- Fata mea, vin zile grele pentru noi! Nu mai avem bani şi pentru a ne duce traiul de zi cu zi, am vândut această casă!...Mâine va trebui să ne mutăm într-o casă mult mai mică. De aceea plâng! Fiindcă ne este greu să plecăm din acest loc plăcut, unde am trăit în linişte şi credinţă...

- Dar mami! zise fetiţa. Voi m-aţi învăţat că în casele de creştini, unde este rânduială, pace şi linişte, acolo locuieşte şi Dumnezeu...

- Aşa este fata mea! răspunse femeia.

- Păi atunci nu trebuie să ne temem! Fiindcă şi în acea casă mică, Dumnezeu va locui cu noi, spuse fetiţa.

50. Untul şi pâinea

Un ţaran care vindea unt, a fost dus la judecată de un brutar, care a descoperit că bucata de unt pe care o cumpărase recent de la ţăran cântărea 800 de grame, în loc de 1 kilogram. Judecătorul zise:

- Dacă este adevărat ce spune brutarul, că îi înşeli pe oameni la cântar, să ştii că vei merge la închisoare!

- Să-mi fie iertat, zise cu curaj ţăranul, dar sunt nevinovat!

- Cum îndrăzneşti să minţi!? sări brutarul ca ars. Chiar astăzi am cumpărat bucăţi de unt de la tine şi toate au 800 de grame. Domnule judecător, trebuie să-l închideţi pe acest şarlatan!

Judecătorul îl întrebă pe ţăran:

- Este adevărat că untul cumpărat de brutar este de la tine?

- Da, recunosc, spuse ţăranul. Dar ştiţi domnule judecător eu nu prea am bani! Mi-am cumpărat un cântar, dar nu am mai avut bani şi pentru greutăţi! Aşa că pun unt pe un braţ al cântarului, iar pe celălalt pun o pâine de-a brutarului, care – după cum zice dânsul - are 1 kilogram. Acum, dacă pâinea brutarului nu are 1 kilogram, eu ce vină am?

Auzind una ca aceasta, judecătorul a hotărât pe dată ca în locul ţăranului, la închisoare să intre adevăratul vinovat, adică brutarul. Să nu uităm aşadar că cel ce vrea să înşele, pe sine se înşală.

51. Ajutor de la şoricel

Câţiva şoricei au sărit curajoşi pe un leu care dormea. Şi pentru că leul nu se mişca, şoriceii începură să danseze pe el. Atunci leul se trezi şi numaidecât prinse unul dintre ei:

- Te rog, îl imploră şoricelul, cruţă-mi viaţa şi eu te voi răsplăti cu un serviciu!

La această rugăminte, leul a râs în hohote, pentru că nu-şi închipuia cum poate primi el – regele animalelor – ajutor de la o fiinţă atât de mică. Apoi i-a dat drumul şoricelului.

După câtva timp, leul căzu într-o capcană, formată din sfori groase, pusă de nişte vânători. Oricât se strădui, leul nu a putut să se salveze. Atunci veni şoricelul în grabă şi roase cu dinţii săi ascuţiţi unul dintre noduri. Leul s-a eliberat din acele sfori şi a scăpat astfel din ghearele morţii.

52. Omul mândru

Un om mândru şi necredincios se lăuda mereu ca el n-are nevoie de preot şi de predici, pentru că sufletul lui este ca o coală albă de hârtie; deci îşi poate trăi viaţa cinstit, frumos şi fără Iisus Hristos.

Într-o zi mergând în excursie cu mai multă lume, ajunse la o mănăstire foarte retrasă, în mijlocul pădurii. Acolo se afla un călugăr în vârstă, vestit pentru înţelepciunea sa. Omul nostru cel mândru voi să stea şi el puţin de vorbă cu bătrânul cel înţelept.

Ajuns în chilia călugărului, acesta îi vorbi despre Dumnezeu şi despre păcat. Trufaşul se abţinu cât putu, dar aproape de plecare îi spuse călugărului:

- Eu n-am nevoie de predici despre păcat, viaţa mea este precum această coală albă pe care o port cu mine mereu.

Zicând aceasta scoase de undeva o coală albă, imaculată.

Călugărul privi coala şi îşi trecu degetul, aşa ca într-o doară în josul acesteia.

- Bine, bine, zic şi eu aşa, cum zici dumneata! Coala dacă te uiţi la ea, este perfect albă. Dar am o rugăminte! Priveşte în lumină prin această coală şi spune-mi dacă vezi ceva!

- Ei nu se poate să văd ceva! zise omul cel mândru, neîncrezător.

Apoi luă coala de hârtie şi îndreptând-o spre lumină, rămase uimit să vadă prin ea o iscălitură în josul paginii.

Înţeleptul îi spuse atunci:

- Dumneata încerci să ai o viaţă curată, dar te-ai rupt de dreapta socoteală şi de cele ale Bisericii. De aceea nu te mira că ai viaţa ca o coală albă, dar semnată de diavolul. Semnătura a apărut din cauza mândriei pe care o porţi mereu cu tine.

Pe omul nostru l-a trecut un fior pe şira spinării şi a simţit dintr-odată nevoia să pună pe foc foaia de hârtie care s-a adeverit că nu era chiar „atât de albă". S-a aruncat apoi în genunchi şi l-a rugat pe bătrân să-i citească o dezlegare de păcate.

Apoi, omul nostru, venind dintr-odată la gândul bun s-a bucurat în taină de faptul că s-a vindecat de păcatul mândriei, dând slavă Domnului nostru Iisus Hristos.

CUPRINS:

* 9 7 8 6 0 6 9 3 3 4 1 9 5 *